ODE
SUR
LES CONQUESTES
DU ROY.

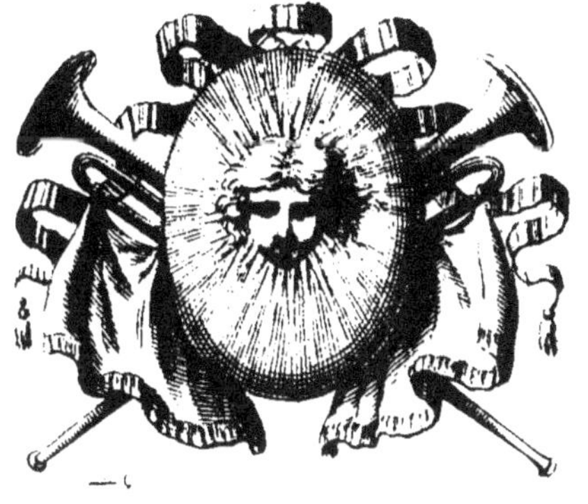

A PARIS,
Chez SEBASTIEN MABRE-CRAMOISY,
Imprimeur de Sa Majesté, ruë S. Jacques,
aux Cicognes.

M. DC. LXXIII.
AVEC PERMISSION.

MONSEIGNEUR LE DAUPHIN AU ROY.

ODE.

TANDIS *que l'âge s'avance,*
Où dans les fameux combats,
Animé par ta presence,
Grand Roy, je suivray tes pas;
Il faut que loin des allarmes,
Sur le bonheur de tes Armes
Je compose des chansons.
C'est pour celebrer ta gloire,
Que des filles de Memoire
Je prens les doctes leçons.

Ainsi pendant qu'à la Grece
Philippe donnoit des fers ;
Retenu par sa jeunesse,
Son fils s'appliquoit aux Vers.
Comme moy, sous un grand Maistre,
Il apprenoit à connoistre
La nature & ses effets;
Mieux instruit sans doute encore,
Si le vaillant Sainte-Maure
L'eust formé sur tes hauts faits.

Plus moderé qu'Alexandre,
D'un Pere victorieux
Je vois l'Empire s'étendre,
Et n'en suis point envieux.
Que sa valeur triomphante
Oste à mon ardeur naissante
Le moyen de s'éprouver;
Qu'il subjugue tout le monde;
Si son destin me seconde,
Je sçauray le conserver.

N'aſpirons qu'à l'avantage
De loüer ce Conquerant:
Pour un Prince de mon âge,
Ce deſſein n'eſt que trop grand.
Je ſcais qu'il faut un miracle,
Pour vaincre le moindre obſtacle
Qui s'oppoſe à mon deſir.
Mais, quoy! le fils d'un Alcide,
Dans un deſſein plus timide,
Trouveroit-il du plaiſir?

Preſt à ſurmonter la peine,
J'allois chanter ce grand Roy,
Quand la docte Melpomene
En ſoûriant vint à moy:
Jeune Prince, me dit-elle,
Je viens ſoûtenir ton zele,
Et partager ton ſouci:
Chantons ce Vainqueur Auguſte;
Puis ſa Lyre elle rajuſte,
Et ſoudain commence ainſi.

A peine un Heros si brave
A la guerre est engagé;
Et déja le fier Batave
Sous le joug il a rangé.
Déja cent Places de marque,
Au seul nom de ce Monarque,
A sa clemence ont recours;
Et mille Guerriers illustres
N'avoient pû faire en dix lustres
Ce qu'il a fait en dix jours.

Mais à sa valeur extrême
Le Rhin semble s'opposer;
Le Rhin, où Cesar luy-mesme
N'osa jamais s'exposer.
Le Roy parle. A sa parole,
Plus viste qu'un trait ne vole,
On voit nager nos Guerriers;
Et leur ardeur est si vive,
Que déja sur l'autre rive,
Ils ont cueilli des Lauriers.

Schein, ce Fort si redoutable,
Que la nature au besoin
Eust rendu seuleimprenable,
Si l'Art n'en eust pris le soin:
Ce Fort, d'un Païs fertile
Le Boulevart inutile,
N'a sceû tenir qu'un matin;
Et sa garde desarmée,
De la triomphante armée
Est le glorieux butin.

Que devient donc vostre audace,
Peuples naguere si vains?
A la premiére menace
Le fer vous tombe des mains.
Cette fiére Republique,
Qui crût par sa politique
S'égaler aux plus grands Rois;
Malgré ses troupes nombreuses,
Malgré ses Places fameuses,
Se voit détruite en un mois.

Tel dans l'Elide étonnée,
Lançant des feux dans les airs,
Le ſuperbe Salmonée
Crût imiter les éclairs.
Jupiter d'vn coup de foudre
Fit mordre bientoſt la poudre
A ce Grec audacieux;
Et cét enfant de la terre
Sentit combien ſon tonnerre
Cedoit à celuy des Cieux.

Reviens, Prince magnanime;
Tant de ſuccés éclatans
Ont aſſez puni le crime
De ces orgueilleux Titans.
Bientoſt leurs plus belles Villes,
En proye aux fureurs civiles,
Entre elles ſe détruiront;
Et les eaux qu'ils tenoient preſtes,
Pour arreſter tes Conqueſtes,
Bientoſt les avanceront.

La Muse à ces mots me quitte;
Et de honte se cachant,
Grand Roy, dit que ton merite
Est au dessus de son chant.
Ne suis-je pas bien à plaindre?
Sa voix ne sçauroit atteindre,
Où ta gloire a sceû monter.
Pardonne si j'en soûpire:
Mais ces faits qu'on ne peut dire,
Qui pourra les imiter?

Quelque belle que soit cette Ode, elle ne voit le jour qu'en consideration de celle qui suit. L'illustre Fille qui a fait parler Monseigneur le Dauphin, n'a jamais eû la pensée de rien donner au public; & ses amis n'auroient eû garde de faire imprimer ce petit Ouvrage, sans une avanture qui les y a obligez. Il y a quelque temps qu'elle receût des mains d'un inconnu une petite Boëtte de Coco, où estoit une Lyre d'or émaillé, avec l'Ode suivante. Aprés toutes les diligences qui ont esté faites pour découvrir l'Auteur d'une galanterie si spirituelle, & qui ont esté faites inutilement; on a jugé à propos, par un sentiment d'honnesteté & de reconnoissance, de mettre en lumiére l'Ode à Climene, avec la Réponse, & deux ou trois Madrigaux que l'Ode a fait naistre. Mais comme le public n'auroit point entendu tout cela sans l'Ode de Monseigneur le Dauphin, on n'a pû se dispenser de la faire paroistre en mesme temps.

ODE A CLIMENE.

MUSE, *reprenons la Lyre,*
Non pour chanter ce grand Roy,
Que le monde entier admire;
Climene a pris cét employ,
Et ne laisse rien à dire
A de tels Chantres que moy:
C'est pour celebrer Climene
La nouvelle Melpomene.

Tandis que ce Roy surpasse,
Par mille faits inoüis,
Tous les Heros de sa race;
Seule à nos yeux éblouïs
Elle aquite le Parnasse,
De ce qu'il doit à Louïs;
Et peint si bien sa victoire,
Qu'elle en égale la gloire.

Ses Vers ont ce tour auguste,
Ce tour qu'il faut pour les Rois,
Si beau, si grand, & si juste.
Ainsi chantoit autrefois
Celuy qui chanta d'Auguste
Les vertus & les exploits.
Tel en les voyant paroistre,
Crût voir Malherbe renaistre.

Quand on y lit ce paſſage,
Dont en ſes flots écumeux
Le Rhin gronde encor de rage;
De nos Combatans fameux
On ſe ſent l'ardent courage;
On croit paſſer avec eux;
On croit voir ſur l'autre rive,
Fuir la Hollande craintive.

LOUÏS *prend plaiſir d'entendre*
Les tons forts & raviſſans,
Que ſon Dauphin a ſceû prendre;
Charmé que ſes vœux naiſſans,
Plus fiers que ceux d'Alexandre,
Soient auſſi plus innocens:
Ah, pour ſes propres Conqueſtes
Nos Lyres ſont déja preſtes!

Pour luy Climene prépare
Des chants propres à charmer
L'avenir le plus barbare.
Ce feu qui ſceût enflammer
Le grand & Docte Pindare,
Ce feu viendra l'animer.
Du fils ainſi que du Pere,
Elle doit eſtre l'Homere.

Reçoy donc, belle Heroïne,
Une Lyre qu'Apollon
Pour ce deſſein te deſtine.
Souvent ſon illuſtre ſon
A ſous une main divine
Charmé le ſacré valon:
Trop heureuſe, qu'elle obtienne,
De réſonner ſous la tienne.

SAPHO A CLIMENE,

Sur le preſent qu'un inconnu luy a fait.

MADRIGAL.

QUEL eſt ce Pindare nouveau?
Son preſent eſt galant & beau:
Ses vers meritent qu'on l'admire;
Tout eſt bien dit, & bien pensé:
Mais puis qu'il vous donne une Lyre,
Il veut bien eſtre ſurpaſſé;
N'ignorant pas, Fille divine,
Que cette fameuſe Corinne,
Dont les accens furent ſi doux,
N'en joüoit pas ſi bien que vous.

RE'PONSE DE CLIMENE.

QUAND *le Pindare nouveau,*
Qui ſur ſa Lyre divine
Fait ouïr un air ſi beau,
Trouveroit une Corinne,
En vous entendant chanter,
Pourroit-elle ſe flatter
D'avoir la voix aſſez belle,
Pour égaler le chant de la Sapho nouvelle?

A L'ILLUSTRE

A L'ILLUSTRE AUTEUR DE L'ODE POUR CLIMENE quel qu'il soit.

STANCES.

QUE ne la gardiez-vous cette Lyre galante,
Génereux inconnu? Pourquoy me la donner?
Ah, c'est sous vostre main délicate & sçavante
Qu'elle doit résonner!

Du moins pour me la rendre encor plus précieuse,
Faloit-il à mes yeux soudain vous découvrir,
Et ne me cacher pas cette main génereuse,
Qui daignoit me l'offrir.

Souvent mon cœur flatté par la fausse apparence,
Presque en tous mes amis croit vous appercevoir,
Et pour eux tour à tour sent la reconnoissance
Que je crois vous devoir.

Quelle tranquilité ne le cede à la vostre ?
Quoy, jamais de vos droits vous ne serez jaloux,
Et vous voudrez toûjours que je donne à quelqu'autre
Ce qui n'est deû qu'à vous ?

Pour vous, je le promets, j'auray de la tendresse,
Pourvû que vous vouliez bientost vous presenter;
Peut-estre est-il des gens, qui par cette promesse,
Se laisseroient tenter.

Croyez-moy, montrez-vous, tandis qu'à vous connoist.
On me voit employer mille soins superflus;
Vous viendrez par malheur vous découvrir peut-estre,
Quand je ne voudray plus.

Honteuse quelque jour de me voir engagée
A la tendre amitié qu'aujourd'huy je promets,
Je crains de souhaiter dans mon ame changée,
De ne vous voir jamais.

Déja de ma promesse en secret je soûpire;
Je sens qu'à la tenir il y va trop du mien;
Et si vous me laissez le temps de m'en dédire,
Je ne répons de rien.

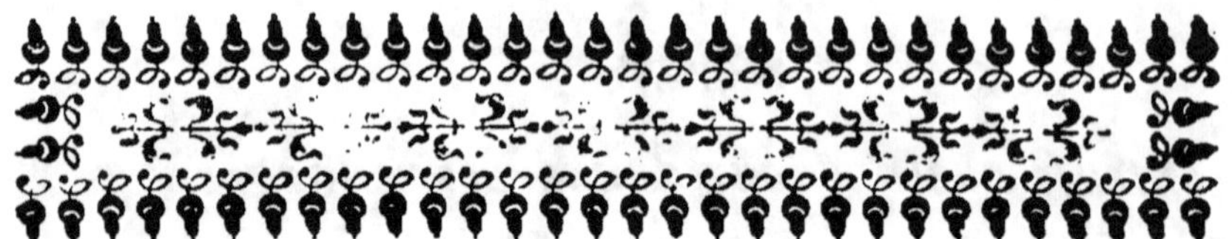

A IRIS EN LUY ENVOYANT CES VERS.

MADRIGAL.

Que vostre austerité m'excuse,
Si j'ose à l'inconnu parler si tendrement.
Entre nous ce n'est qu'vne ruse,
Pour le tirer plûtost de son déguisement.
Ma promesse est vn peu hardie;
Mais à la faire, Iris, je ne cours nul hazard.
Je luy diray, s'il vient, je me suis repentie,
Et vous venez trop tard.

RE'PONSE D'IRIS A CLIMENE.

USEZ *de quelqu'autre finesse ;*
La grandeur de vostre promesse
Fait que je n'en croiray personne sur sa foy.
Pour gagner cette récompense,
Est-il vn honneste homme en France,
Qui ne vous dise pas, c'est moy ?

Permis d'imprimer. Fait ce quatorziéme Décembre mil six cens soixante-douze.

Signé, DE LA REYNIE.

www.ingramcontent.com/pod-product-compliance
Lightning Source LLC
LaVergne TN
LVHW050228180726
843501LV00013BA/3333

9782329640679